Black/White

Fang Yaw-chien

Black/White

Copywrite©2011 by Fang Yaw-chien
Published by Taiwanese Literature Battlefront
No.60, Mingchuan Rd., Gushan Dist., Kaohsiung City 804, Taiwan
E-mail: pngiaukhian@gmail.com

ISBN Agency in Taiwan Cataloging-in-Publication Data

Black/White / Fang Yaw-chien. – 1st ed.
Published by Taiwanese Literature Battlefront, Kaohsiung, Taiwan.
Aug. 2011.
p. cm.
ISBN 978-986-85352-6-8 (pbk.)
863.51   1000.15145
Price: US$ 30.

INDEX

Preface: A Back Face or White Face?

Chung-hsiung Lai
(Dean of the College of the Liberal Arts, National Cheng Kung University)

This preface of Black/White is surely a différance—its meaning always already differs and defers in its endless chain of signification.

First, a pre-face is an introduction at the beginning of a book, which explains what the book is about or why it was written. So, any pre-face is actually a post-face of a book, said Derrida. That is, any preface always ironically comes afterwards, a spectral logic of both supplement and replacement. A preface is thus a text as a paradox which always already deconstructs itself.

Besides, "pre-" is used to form words that indicate that something takes place before a particular date, period, or event. Therefore, a pre-face can also signifies a face which exists before a real face. In other words, a pre-face can be a face without a real face or a face before it becomes a real face. If it is so, it is a face of the absolute Other, said Levinas. An ethical face of the Other always haunts the ontological face of the Self.

Finally, this preface for Black/White is then a face of otherness differs and defers between Black and White, between the cover page and the cover page, between a now and a forever. In truth, a preface which I can offer (be-)for this book is neither a back face nor a white face, rather an imaginary gray face--a face as possibilities unfolded in endless various degrees of grayness. It has to be a deconstructive face, always out of joint, and yet always to come!

All in all, each act of unfolding meaning in each page of this collection of experimental poems is thus an enigma for the reader to encounter, ponder and wonder. It can be nothing or everything. Perhaps there is no fixed or intended meaning in this creative work.

Ladies and Gentlemen, just enjoy Alice's adventures in this Black/White wonderland!!

Black/White I

choas

20110211

Black/White II

neither black nor white

20110213

Black 1

20090101

Black IV

?

20090101

Black V

white

20090101

Black VI

śūnyatā

Black VII

co orful

20101019

9

White I

White II

20090101

White V

black

20090101

White VI

śūnyatā

20090131

White VII

colorful

20101019

Śūnyatā III

śūnyatā śūnyatā śūnyatā śūnyatā śūnyatā śūnyatā śūnyatā śūnyatā śūnyatā
no śūnyatā no śūnyatā no śūnyatā no śūnyatā no śūnyatā no śūnyatā no
śūnyatā no śūnyatā no śūnyatā no śūnyatā no śūnyatā no śūnyatā no śūnyatā no
no śūnyatā no śūnyatā no śūnyatā no śūnyatā no śūnyatā no śūnyatā no
śūnyatā no śūnyatā no śūnyatā no śūnyatā no śūnyatā no śūnyatā no śūnyatā
no śūnyatā no śūnyatā no śūnyatā no śūnyatā no śūnyatā no śūnyatā no
śūnyatā no śūnyatā no śūnyatā no śūnyatā no śūnyatā no śūnyatā no śūnyatā
空空空空空空空空佛教印度教道教猶太教一貫道神道教錫克教巴哈教
苯教摩尼教瑣羅亞斯德教威卡教派奧姆真理教奧修丸山教御嶽教神道
大教天理教金光教圓應教神理教天帝教軒轅教高台教巴哈伊教山達基
教雷爾教派法輪緣起法貪嗔痴三法印四聖諦八正道佛性三寶五蘊涅槃
緣起三無漏學十二因緣佛菩薩辟支佛阿羅漢阿那含斯陀含須陀洹釋迦
牟尼鳩摩羅什龍樹慧遠菩提達摩智顗玄奘蓮花生惠能大乘小乘上座部
藏傳漢傳顯密宗教法華經華嚴經楞嚴經楞伽經心經金剛經地藏經淨土
經大日經維摩詰經藥師經壇經阿含經百喻經涅槃經圓覺經大般若經大
智度論成實論藍毗尼園菩提伽耶鹿野苑舍衛城曲女城王舍城毗舍離拘
尸那羅彌勒佛文殊菩薩普賢菩薩觀音菩薩地藏菩薩基督教上帝彌賽亞
十字架耶穌基督聖母三位一體聖父聖子聖靈救贖復活永生舊約全書新
約全書天主教東正教新教亞伯拉罕摩西保羅彼得坡旅甲帕皮亞聖奧古
斯丁托馬斯阿奎那馬丁路德東方正統教科普特正教會亞美尼亞使徒教
會敘利亞基督教東方亞述教會天主教會普世聖公宗更正教會耶和華見
證人後期聖徒運動一位論派基督弟兄會摩門教伊斯蘭教真穆罕默德古
蘭經聖訓集哈里發穆斯林易巴德什葉派遜尼派空不不不不不不不不
no śūnyatā no śūnyatā no śūnyatā no śūnyatā no śūnyatā no śūnyatā no
śūnyatā no śūnyatā no śūnyatā no śūnyatā no śūnyatā no śūnyatā no śūnyatā
no śūnyatā no śūnyatā no śūnyatā no śūnyatā no śūnyatā no śūnyatā no
śūnyatā no śūnyatā no śūnyatā no śūnyatā no śūnyatā no śūnyatā no śūnyatā

śūnyatā no śūnyatā no śūnyatā no śūnyatā no śūnyatā no śūnyatā no śūnyatā
śūnyatā śūnyatā śūnyatā śūnyatā śūnyatā śūnyatā śūnyatā śūnyatā śūnyatā

20090207

No Śūnyatā

śūnyatā

20090207

While You Are Saying "Śūnyatā"

no śūnyatā

20101010

no śūnyatā

20101010

Śūnyatā V

no khong

20101010

no khang

20101010

no emptiness

20101010

Śūnyatā VIII

colorful

20101019

omnipresent ?

20101019

God I

omnipotent ?

20101019

Deity I

omniscient ?

20101019

Buddha Dies

śūnyatā

20101019

God Dies

śūnyatā

20101019

The Deity Dies

śūnyatā

20101019

No Existence

no śūnyatā

20101019

Existence

śūnyatā

20101019

The Hell Ⅰ

no hell

20101019

The Heaven Ⅰ

no heaven

20101019

The Heaven II

the heart

20101019

The Heaven III

20110211

the heart

20101019

The Hell III

20110211

Colorfulness I

śūnyatā

20101019

Colorfulness II

20110211

Colorfulness III

20110211

No Buddha

free

20101019

No God

free

20101019

No Deity

free

Buddha II

trash

20101019

The Deity II

shit

20101019

God II

urine

20101019

Buddha III

nothingness

20101019

nothingness

20101019

God III

nothingness

20101019

Life I

coming and going

20110207

neither coming nor going

20110207

Life III

?

Life IV

20110207

Life V

a dream of dreams

20110207

Life VI

death

20110208

Death

life

20110208

No Life

no death

20110208

No Death

no life

20110208

Life & Death

20110211

The Universe I

20110211

The Universe II

maggots

20110211

The Beautiful

maggots

20110211

The Handsome

maggots

20110211

Human Beings

maggots

20110211

Immortality

20110525

Change

truth

20110525

Anātman

I

20110610

烏／白

方耀乾

國家圖書館出版品預行編目資料

烏/白 / 方耀乾著. -- 初版. -- 高雄市：臺文戰線雜誌,
2011.08
　面；　公分
ISBN 978-986-85352-6-8(平裝)

863.51　　　　　　　1000.15145

台文戰線　現代詩03

烏／白

著　　者：方耀乾
發 行 人：林央敏
發 行 所：台文戰線雜誌社
　　　　　高雄市鼓山區銘傳路60號
高雄市政府營利事業登記證第0890104319號
聯 絡 處：台南市永康區永二街193巷2弄3號
電　　話：0910277649
E - mail： pngiaukhian@gmail.com
版　　次：初版
出版日期：2011年8月15日
定　　價：新台幣300元(國內) 美金30元(國外)

目錄

解脫束縛，得大自在：論方耀乾ê圖像詩集《烏／白》

何信翰
（中山醫學大學台灣語文學系副教授）

　　耀乾兄 beh koh 出詩集 loh，而且是台語詩內底 chin 少看 tiòh ê 圖像詩集。M̄-nā 是圖像詩集，koh 是表現宗教、哲學思想 ê 圖像詩集。Chit 本詩集會當 hō 我來寫序言，我感覺 chin 歡喜。

　　佇濟濟 ê 台語詩人內底，方耀乾是少數兼有文學理論背景 koh chin 敢試驗新事物 ê。所以伊 ê 詩無論是形式 ā-sī 內容，攏是五彩繽紛、有千變萬化 ê 氣象。尤其是 chit 本圖像詩集《烏/白》，將深刻 ê 內涵、豐富 ê 寓意，用簡單 ê 形式表現出來，hông 看 liáu 產生內心極大 ê 震動。

《烏/白》佇圖像詩發展歷史頂懸 ê 位置：

　　圖像詩佇詩內底算是 1 種特別 ê 種類，雖罔伊 ê 出現佇詩 ê 歷史內面無算晚，m̄-koh 一向 hông 有 khah 無正式，khah 輕、khah 浮 ê 感覺，甚至 kàu taⁿ 猶原 koh 有 1 寡 khah 嚴格 ê 評論者認為 che m̄-sī 正經 ê 詩 — 甚至袂當算是詩。原因 chin 簡單：傳統 ê 詩學理論認為詩 siōng 重要 ê 部分是節奏 -- 原因明顯 kap 詩 ê 初始模式有關係 -- 畢竟「詩 siōng 古早 ê 形式 tiòh 是歌，佇詩歌內底(歌)詞(必須 tiòh)照一定 ê 韻律規則來組織，hō 伊 kap 音樂、歌唱會當密切結合[1]」。雖然佇後來 ê 發展過程詩 kap 歌早早 tiòh 分開，詩 tsiaⁿ 作 1 種「語言文字 ê 藝術」繼續行家己 ê 路，m̄-koh 詩 ê「音樂性」猶原是作者/研究者關心 ê 重點--chit 點佇咱講「讀詩」，m̄-sī「看詩」tiòh 會當得 tiòh chin 好 ê 證明。

　　圖像詩 kap 其他種類 ê 詩 siōng 大 ê 差別 tiòh tú-á 好佇 chit 點頂面：伊 ka-nā 注重詩 ê「視覺性」，完全無 chhap「聽覺性」ê 部分。Koh 加上因為圖像詩 ê 內容受 tiòh 外型(圖像)chin 大 ê 限制(想 beh 將詩 ê 外表做成三角形、樹仔形等等，一定 tiòh 會來影響字數 kap 內容 ê 表達)，所以一般圖像詩所 beh 表達 ê 內涵相對其他種類 ê 詩來講，會加減 khah 淺薄 tām-pô-á，tiòh 因為 an-ne，chiah 會親像頂面講 ê，有 1 寡仔文學家看袂起圖像詩，認為圖像詩 m̄-sī 詩，至少 m̄-sī「嚴肅」ê 詩，加加會當算是「tit-thô 物」，無值得認真去探討。

　　Chit 種對圖像詩 ê 看法自然有伊 ê 原因：雖罔圖像詩 ê 起源 chin 早 -- 西方佇亞歷山大時代 tiòh 有 Rodoskiy, Dosiad, Feokrit 等詩人開始創作 chit 種特別 ê 詩種[2]；佇亞洲 ê 傳統內底 siōng 早出現 ê 圖像詩相傳是中國 ê 圓盤詩，另外唐朝元稹、白居易 ê 三角詩 kap 後來出現 ê〈璇璣圖〉kap〈柳帶同心結〉mā 是出名

---

[1]　Холшевников В. Е. Основы стиховедения: русское стихосложение. 2 Изд. Л., 1972., С. 6.
[2]　Квятковский А. Поэтический словарь. М., 1966., С. 321; Гаспаров М. Л. Фигурные стихи// Литературный энциклопедический словарь. М., 1987., С. 466.

ê 圖像詩作品 -- m̄-koh 早期 ê 圖像詩 1 來圖像簡單，差不多攏是幾何圖形--三角形，圓形等等；2 來圖像 kap 詩 ê 內容是無關係 ê，khǹg 佇詩內 mā ka-taⁿ 是 tsiaⁿ 作趣味、引起讀者注意 ê 一種手路。莫怪大家無 kài 重視 chit 種詩種。

雖罔按呢，圖像詩 kàu 20 世紀以後，確實是已經出現本質性 ê 變化：圖像詩 ê 圖像變 khah 複雜，已經 m̄-sī 單純 ê 幾何圖形，圖形 mā kap 詩 ê 內涵密切結合，chiaⁿ 作是表現詩 ê 主題 siōng 好 ê 手段。甚至內容所探討 ê 議題 mā lú 來 lú 闊，已經袂當用單純 ê「tit-thô 物」來形容。西方 kap 東方濟濟 ê 詩人攏有傑出 ê 圖像詩作品。

佇台灣 ê 圖像詩發展過程內底，戰後 ê 詹冰、林亨泰、白荻等等 ê 華語詩人攏有意義深刻、hō͘ 人看 liáu 會深思 ê 作品，親像詹冰 ê〈水牛圖〉，hō͘ 咱思考台灣人是按怎 beh 作啥物攏 m̄-bat，hông 欺負 koh m̄ 敢出聲 ê「青暝牛」。林亨泰 ê〈風景 2〉hō͘ 讀者思考戒嚴時期國民政府防堵人民接觸海外 ê 資訊，驚人民發現真象 ê 情形。Chia-ê 攏是圖像詩 ê 佳作。會當講戰後台灣 ê 圖像詩「已經早 tiòh 超過一般所認為 ka-nā 是語言遊戲 ê 情形」[3]，絕對袂當 koh 以「thit-thô」、「消遣」ê 眼光看待。

台語現代詩因為早前 hông 打壓，起步 khah 晚，佇 70 後半 chiah 開始有試驗性 ê 作品出現。已經過 liáu 圖像詩佇台灣 siōng 時行 ê 階段，所以純粹圖像詩 ê 作品 khah 少，大部分攏是將圖像當作一種手路使用佇詩內底，m̄-koh kui 首詩並 m̄-sī 完全 ê 圖像詩 ê 情形。Chit 種情形有學者稱呼做「類圖像詩」-- tiòh 是雖然看起來有圖像詩 ê 感覺，m̄-koh 並 m̄-sī 真正 ê 圖像詩。親像陳金順佇《一叢文學樹》chit 本詩集內底，tiòh 有袂少運用 chit 種手路 ê 詩。

純粹 ê 圖像佇台語詩內底創作數量 siōng 豐富 ê 應該算是方耀乾。佇《白翎鷥之歌》chit 本詩集內底，tiòh 已經有相當數量 ê 台語圖像詩。Kàu chit 本《烏/白》，方耀乾已經成功將圖像詩 kap 高深 ê 哲學結合，詩集內底探討 ê 內容，m̄-nā 嚴肅，koh chin 深刻，會當講一般 ê 讀者 hiông-hiông 看 tiòh，會無法度理解伊 ê 內容，思考以後，mā 無一定會當完全了解內底 ê 內涵。用圖像詩 chit 種 kap 文字相對關係 khah 少 ê 詩種，表達「無法度用語言表達」ê 哲學觀，正是將圖像 ê 特色發揮 kap 淋漓盡致。

看 chit 本《烏/白》至少會當 hō͘ 讀者思考下面 kúi 項道理：

破除二元對立：

二元對立一向是人習慣 ê 思維方式：咱 tùi 世界 ê 認知是建立佇反義詞頂懸 ê：親像空間對立 ê 懸低、前後、tó 邊正邊；時間對立 ê 早 àm、緊慢；五官感覺對立 ê 芳臭、好 chiàh bái chiàh、甜苦、好聽 bái 聽；甚至是人 ê 身分/關係對立：頂司部屬、爸囝、好額散赤、好人/pháiⁿ 人、朋友敵人…等等。甚至是文學內底隱喻 ê 運用 mā 有濟濟是建立佇二元對立 ê 基礎，親像身體好起來/bái 落去，職務 ê 升降，台語 chit 條路行 kap khah hng/近…等等。古早時代 ê 哲學家老子早 tiòh

---

[3] 丁旭輝，〈台灣現代圖像詩的價值〉，《台灣詩學》季刊，第 32 期，2000 年。頁 98。

已經發現 chit 點。老子 bat 講:「天下皆知美之為美,斯惡已,皆知善之為善,斯不善已。故有無相生,難易相成,長短相形,高下相傾,音聲相和,前後相隨」。用現代語言學 ê 專有名詞來講,頂懸 chit 段話 tiòh 是講反義詞其實是雙生仔,是鏡 ê 反射,是全款根源產生 ê 物件。反義詞若是產生,必然是雙雙產生 ê,若有困難 tiòh 有簡單,有長 tiòh 有短,有懸 tiòh 有低...。所以咱若是感覺 1 項物件好 chiàh,根據全款 ê 條件咱必然會感覺另外 1 項物件 pháiⁿ chiàh;咱若感覺 1 領衫布料 chin 好/穿起來 chin phāⁿ,必然 tiòh 會因為全類 ê 條件認為別領衫布料無好/穿起來 chin sông;咱若感覺 ché 是 1 ê 好人,必然因為全類 ê 條件認為另外 1(ê/寡)人是 pháiⁿ 人。道家所謂 ê「聖人 m̄ 死,大盜不止(put-chí)」其中 1 ê 解釋 tiòh 是按呢。所以咱若追求 chiàh-tiòh 好 chiàh 物、穿好穿 ê 衫、住舒適 ê 厝等等 ê 享受,全時間 tiòh 會產生另日 chiàh bái chiàh 物、穿 phaiⁿ 衫、佇無舒適 ê 厝 ê 痛苦。若是 beh 避免痛苦,siōng 好 ê 方法 tiòh-sī mài 追求享受。佛家 mā 認為二元對立是需要破除 ê,是「執」發生 ê 原因之一,需要破除。

有關二元對立造成人類痛苦,西方宗教哲學 mā 有全款 ê 看法:西方 ê 哲學 tùi 二元對立造成人類痛苦 ê,頭先是基督教 ê 某寡教派:佇聖經內底,亞當 kap 夏娃 hông 趕出伊甸園 ê 原因是偷 chiàh「善惡果」。針對 chit 段經文,大部分 ê 教會/學院 ê 解釋攏是人想 beh kap 上帝全款,所以引起上帝 ê 不滿 kap 憤怒。M̄-koh 照按呢解釋上帝 ê 心胸 kám 袂 siuⁿ 隘?

有 1 派 tùi chit 段經文 ê 解釋是偏向語文學 ê 角度,認為所謂 ê 偷 chiàh 善惡果是一種隱喻 ê 手路,比喻 ê tiòh 是人 ê「二元對立 ê 分別心」,認為人若是有分別善惡/好 bái 等等二元對立概念 ê 念頭,tiòh 喪失「住佇天堂」ê 資格。

Loo-se-a 19 世紀 ê 大文學家杜斯妥耶夫斯基佇名作《卡拉馬佐夫兄弟們》內底,mā bat 藉 tiòh 一隻魔神仔 ê 喙,講出上帝既然是萬能,suah 無 beh 將惡魔徹底消除 ê 原因 tiòh 是若是無惡魔 ê 存在,tiòh 彰顯袂出上帝 ê 善,所以上帝 mā 無允准惡魔「改邪歸正」。Che 自然 mā 是全款道理。

佇 chit 本《烏/白》內底,詩人 tùi 烏、白 ê 詮釋,正正是拍破二元對立 ê 好方法。詩人講烏「是烏」、「是空白」、「m̄-sī 烏」、「是?」、「是白」、「是空」、「是五花十色」chit 內底 koh 分作 3 ê 無全 ê 層次。第 1 ê 層次是了解二元無一定是對立,伊只是全一 ê 物件佇無全環境 ê 變化(烏是白);第 2 ê 層次會當用金剛經 ê 講法來講,所謂 ê 烏其實 m̄-sī 烏,只是名叫做烏(烏是五花十色)。有關 chit 點咱會當用杯仔來比喻:咱若是將杯仔當作杯仔,伊 tiòh ka-nā 會當作杯仔來用,咱若是 mài 將杯仔當作是杯仔,伊會當是筆筒、花 kan、披鏈墜仔...等等,會當有濟濟無全 ê 面貌。所以 tiòh 會當了解:雖罔咱將 chit ê 物件 ê「名」叫做杯仔,其實伊 ê「本體」無一定 ài kap 杯仔有關係。了解前 2 ê 層次 liáu 後 tiòh 會當進入第 3 ê 層次:既然「烏」(杯仔)ka-nā 是 1 ê 無啥意義 ê 名稱(第 2 ê 層次),而且會隨 tiòh 環境改變來變化(第 1 ê 曾次),探討「烏」chit ê 名,分別烏/白/五花十色 mā 失去意義,「烏」tiòh 自然「空」去(烏是空),將咱 tùi「烏」ê 執著、束縛內底解 tháu 出來(事實上 m̄-nā 是烏,tùi 濟濟物件 ê 執著攏會當用 chit ê 邏輯來解

tháu)。龍樹和尚講真理是「不生亦不滅、不常亦不斷、不一亦不異、不來亦不出」，ché 其中 mā 有 1 寡是拍破二元對立 ê 概念佇 leh。

地獄 kap 天堂：

佇「烏白」liáu 後，chit 本《烏/白》內底 ê 大主題改換做「地獄 kap 天堂」。雖罔全款是二元對立，m̄-koh suah 當 tùi 無全 ê 方向來探討 chit ê 問題：kám 真正有地獄？若有，koh 佇 tó-ūi？是按怎以現代科學 ê 發展，無法度發現地獄？

其實，有濟濟 ê 佛教徒認為無論是地獄 ā-sī 天堂，攏 m̄-sī 佇別 ūi，地獄 kap 天堂 tiòh 是咱生活 ê chit ê 世界：差別只是佇「心」ê 感覺，tiòh 親像去國外旅遊、男女做愛照一般 ê 想法應該是 siōng 快樂 ê 代誌之一，m̄-koh 導遊佇 chhōa 團去國外旅行 ê 時無一定快樂，A 片演員佇「表演」ê 時陣一定 mā 袂感覺有 chin 濟快感，所以會當知影快樂 ê 關鍵 m̄-sī 佇「作啥物代誌」，是佇「用啥物款心情去做」。所以若是心情正面，塵世 tiòh 是天堂；心情負面，塵世 tiòh 是地獄。Chit 種想法其實是有相當道理 ê。Chit 點會當 tùi 佛教 ê 經典內底，講地獄講 liáu siōng 深入、siōng 具體 ê《地藏菩薩本願經》得 tiòh 解釋：

佇《地藏菩薩本願經》ê 頭前，攏會先出現 1 篇「覺林菩薩偈」：

譬如工畫師分布諸彩色虛妄取異相大種無差別
大種中無色色中無大種亦不離大種而有色可得
心中無彩畫彩畫中無心然不離於心有彩畫可得[4]…

Chit 篇 tùi《華嚴經》內底出來，佛叫弟子講出修行心得 ê 其中 1 ê 片段，kap 地藏王菩薩/地獄看起來 ka-ná 是無啥物關聯，是按怎會佇 chia 出現？Che tiòh ài tùi chit 篇偈子所 beh 表達 ê 意思講起：所有 ê 圖攏是大自然佇咱心內映照 ê 形象生成 ê。所以起源攏是咱 ê 心。全款 ê 物件，若是咱 ê 心改變，畫(看)出來 ê 圖 tiòh 攏會無全。另外，圖其實會當解釋作所有 ê 符號：按照現代符號學 ê 定義，符號 m̄-sī 真實 ê 事物，是事物佇咱心內 ê 形象。所以咱袂當真正去 peh 圖畫內底 ê 山，講火燒厝 á -- 厝 mā 袂正經著火。一切攏是心 ê 反映/運作 niâ-niâ。

若是將 chit ê 偈子 kap《本願經》內底講 ê 地獄情形做連結，tiòh 會當理解「地獄其實是來自人 ê 心」chit ê 道理。若 m̄ 是按呢，何必 tiòh 將 chit ê 偈子 khǹg 佇經文頭前？

另外 1 ê《本願經》內底類似 ê 暗示，是講 tiòh siōng 恐怖 ê「無間地獄」ê

---

[4] Chit 段經文翻做白話文，意思 tiòh 是：畫家用各種 ê 色水 kap 線條會出無全 ê 形象，m̄-koh 無論伊 án-chóaⁿ 畫(畫 liáu 好、bái、用印象派、抽象、寫實等等 ê 無全畫風作畫)，攏袂影響真實世界 hō͘ 伊照 leh 畫 ê 物件 ê 形象。大自然 m̄-sī 圖，圖內底 mā 無真正 ê 大自然，m̄-koh 若是無大自然，tiòh 袂出現(照 chia ê 萬物 ê 形象畫出來 ê)圖；(畫家、觀賞者 ê)心內無圖，圖內底若無(in ê)心，m̄-koh 若 m̄-sī 有心，tiòh 無 chia ê 圖。

時，講「若有眾生，作如是罪，當墮五無間地獄，求暫停苦一念不得」，koh 講「獄中有床，遍滿萬里。一人受罪，自見其身遍臥滿床。千萬人受罪，亦各自見身滿床上」。是按怎是求暫停苦「一念不得」？Kám m̄-sī 應該是一「刻」不得、一「時」不得；ā-sī 一「絲」不得、一「毫」不得 chiah tiȯh？若會是「念」？Siōng 好 ê 解釋 tiȯh 是地獄、苦，攏是因為心內 ê 想法（心念）來 ê。所以一「念」不得 tiȯh 是「無法度轉換想法」。所有 ê 代誌，攏會因為心念 ê 轉換，瞬間 hō 咱 ê 感覺產生變化：赤腳行佇石頭路頂懸，會當想作受苦、pháiⁿ 運、soe，按呢咱 tiȯh 痛苦、無歡喜。M̄-koh mā 會當想做 leh 作「腳底抓龍」，心情自然 tiȯh 好。人講「改運不如改心」tiȯh 是 chit ê 道理。所以轉換心情 tiȯh 會解脫痛苦，m̄-koh soah「一念不得」，自然 tiȯh 只有是一直受苦。

「一人受罪，自見其身遍臥滿床。千萬人受罪，亦各自見身滿床上」mā 會當用 chit 種方面來解釋：m̄ 管 kám 有別人（甚至是千千萬萬人）kap 你全款有 chiah-nī-á 負面 ê 心情，橫直 lí 心是負面，lí tiȯh 受苦。所有有負面 ê 心 ê 人攏會當感受 tiȯh 家己 ê 痛苦。

天堂 mā 全款是「心」ê 因素，所以《維摩詰所說經》講：「若菩薩欲得淨土，當淨其心；隨其心淨，則佛土淨」。是按怎心淨佛土（天堂）tiȯh 會淨？自然是因為天堂佇心 lìn，甚至天堂 tiȯh 是心。

佇詩集內底，詩人講「地獄是心」，「天堂是心」，「地獄是空」，「天堂是空」，「無地獄」（無實際上 1 ê 叫做地獄 ê 所在）「無天堂」（無實際上 1 ê 叫做天堂 ê 所在）玄機 tiȯh 是佇 chia。

空 kap 有：

佇詩集 siōng 中心 ê 所在有 2 系列 ê 主題：「空」kap「五花十色」。Chit 2 ê 主題其實 mā 會當講是 2 元對立 ê 主題。M̄-koh，che 是 siōng 複雜 ê 2 元對立，mā 是一切 2 元對立 ê 根本。Chit ê 議題有相當 ê 複雜度，佇 chia 因為篇幅 ê 關係，ka-nā 會當作簡單 ê 說明。

大部分 ê 人攏 kioh 是有 tiȯh 是有，看會 tiȯh，聽會 tiȯh，摸會 tiȯh，phīⁿ 會 tiȯh ê tiȯh 是有，若是看袂 tiȯh、聽袂 tiȯh、摸袂 tiȯh、phīⁿ 袂 tiȯh ê，家己無 ê，tiȯh 是空，事實上所謂 ê「空」kap「有」無 hiah-nī-á 簡單。「空」kap「有」其實 mā m̄ 是 hiah-nī-á 單純 ê 2 元對立。真正哲學頂懸 ê「空」kap「有」，其實是「空」kap「假」：「空」講 ê 是一切事物 ê 本質攏是虛無。M̄-koh 若是一切事物 ê 本質攏是虛無，咱所看 tiȯh、聽 tiȯh、摸 tiȯh ê 是啥物？Chit 時 tiȯh ài 有「有」ê 觀念：假有。一切事物攏袂是萬年久長 ê：國家會滅亡，樹仔活 koh-khah 久 mā 有 1 日會死，人 khah 親/冤仇 khah 重 mā 攏有分開 ê 1 日。所有 ê「有」，所有 ê「存在」攏是暫時 ê－ché tiȯh 是「假有」ê 觀念。若是將「假有」kap「真空」ê 觀念 kap 做伙，tiȯh 得 tiȯh 一切事物攏是 tùi 虛無來，總有一日 mā 會 koh 轉去虛無，「存在」(有) 只是暫時 ê 過程 niâ-niâ。若會知影 chit ê 道理，tiȯh 袂 koh 有啥物代誌

是一直壓住咱 ê 心 lìn，hō咱心心念念，造成咱袂快樂、直直煩惱。佇 chit 本詩集內底，ūi-tiòh beh 說明 chit ê 道理，詩人用標題「空」來配合「彩色 ê 字寫濟濟宗教 ê 名稱」、「五花十色」來表現「一切 ê 有攏是 ùi 空來」，用「五花十色是空」來表現「一切 ê 有總是有 1 日會變轉去空」。

另外 1 ê 空 ê 意義，是佇人 ê 心 lìn：「當你講空已經 m̄-sī 空」是表現「當你產生『空』ê 想法，mā-sī 產生 1 ê 想法，所以頭殼內 tiòh 已經 m̄-sī 空」chit ê 道理。純然 ê 空，koh 叫做「中」，是將真空 kap 假有融入心內，單純去感受生活、享受生活內底每 1 件代誌、每 1 ê 動作、周邊 ê 每 1 項事物，m̄-bián 思考「按呢做 kám 對、kám 符合神／上帝／佛 ê 旨意」，因為 tiòh 算是想 tiòh 神／上帝／佛 mā 是起 liáu 念頭，tiòh hō神／上帝／佛礙 tiòh，無法度得 tiòh 純然 ê 自由。詩集內底講 ê「上帝死是自由」，「神死是自由」，「佛死是自由」tiòh 是 kap 系列詩作「空 m̄-sī 空(用英語、梵語等等無全寫法)」，「當你講空已經 m̄-sī 空」做陣來表達 chit ê 道理。

結語：

《維摩詰所說經》講有智慧 ê 人「不著文字，故無所懼。何以故？文字性離，無有文字，是則解脫；解脫相者，則諸法也」。耀乾兄 ê 詩集《烏/白》，用 siōng 簡單 ê 符號說明 siōng 深 ê 道理，用「圖像詩」來跳脫文字符號 ê 限制，為台語詩 kap 圖像詩攏拍開新 ê 可能性，會當講是 1 本大智慧 ê 詩集。

烏/白 之一

混沌

20110211

毋是烏毋是白

20110213

鳥之一

20090101

烏之二

20090101

20090101

白之一

白之二

20090101

20090101

白之六

空

20090131

白之七

五花十色

20101019

空空空空空空空空空空空空空空空空空空空空空空空空空空空空
不空不空不空不空不空不空不空不空不空不空不空不空不空不空
不空不空不空不空不空不空不空不空不空不空不空不空不空不空
不空不空不空不空不空不空不空不空不空不空不空不空不空不空
空不空不空不空不空不空不空不空不空不空不空不空不空不空不
不空不空不空不空不空不空不空不空不空不空不空不空不空不空
空不空不空不空不空不空不空不空不空不空不空不空不空不空不
空空空空空空空空佛教印度教道教猶太教一貫道神道教錫克教巴哈教
苯教摩尼教瑣羅亞斯德教威卡教派奧姆真理教奧修丸山教御嶽教神道
大教天理教金光教圓應教神理教天帝教軒轅教高台教巴哈伊教山達基
教雷爾教派法輪緣起法貪嗔痴三法印四聖諦八正道佛性三寶五蘊涅槃
緣起三無漏學十二因緣佛菩薩辟支佛阿羅漢阿那含斯陀含須陀洹釋迦
牟尼鳩摩羅什龍樹慧遠菩提達摩智顗玄奘蓮花生惠能大乘小乘上座部
藏傳漢傳顯密宗教法華經華嚴經楞嚴經楞伽經心經金剛經地藏經淨土
經大日經維摩詰經藥師經壇經阿含經百喻經涅槃經圓覺經大般若經大
智度論成實論藍毗尼園菩提伽耶鹿野苑舍衛城曲女城王舍城毗舍離拘
尸那羅彌勒佛文殊菩薩普賢菩薩觀音菩薩地藏菩薩基督教上帝彌賽亞
十字架耶穌基督聖母三位一體聖父聖子聖靈救贖復活永生舊約全書新
約全書天主教東正教新教亞伯拉罕摩西保羅彼得坡旅甲帕皮亞聖奧古
斯丁托馬斯阿奎那馬丁路德東方正統教科普特正教會亞美尼亞使徒教
會敘利亞基督教東方亞述教會天主教會普世聖公宗更正教會耶和華見
證人後期聖徒運動一位論派基督弟兄會摩門教伊斯蘭教真穆罕默德古
蘭經聖訓集哈里發穆斯林易卜德什葉派遜尼派空不不不不不不不不
不空不空不空不空不空不空不空不空不空不空不空不空不空不空
空不空不空不空不空不空不空不空不空不空不空不空不空不空不
不空不空不空不空不空不空不空不空不空不空不空不空不空不空
空不空不空不空不空不空不空不空不空不空不空不空不空不空不

空不空不空不空不空不空不空不空不空不空不空不空不空不空不
空空空空空空空空空空空空空空空空空空空空空空空空空空空空

20090207

無空

空

20090207

當你講 "空"

已經毋是空

空之四

毋是 Śūnyatā

20101010

24

毋是 khong

20101010

毋是 khang

20101010

毋是 emptiness

20101010

五花十色

20101019

佛之一

無所不在?

20101019

上帝之一

無所不能?

神之一

無所不知?

20101019

佛死

20101019

上帝死

神死

空

20101019

無色

無空

色

空

20101019

地獄之一

無地獄

20101019

天堂之三

20110211

地獄之二

五花十色之二

20110211

五花十色之三

20110211

無佛

無上帝

自由

20101019

神之二

屎

20101019

上帝之二

尿

佛_{之三}

無

20101019

神之三

無

上帝之三

生之一

來來去去

20110207

生之二

無來無去

20110207

生之三

?

生之四

20110207

生之五

夢中夢

20110207

生之六

死

20110208

死

生

無生

無死

無死

無生

20110208

生死

20110211

宇宙之一

20110211

宇宙之二

蛆

美女

蛆

20110211

俊男

蛆

人類

蛆

不朽

朽

20110525

變

真理

無我

我

20110610